Amber Auburn
Kupferfell - Academy of Shapeshifters

Amber Auburn

KUPFERFELL

ACADEMY OF SHAPESHIFTERS

EPISODE 5

Fantasyserie

Kontakt über:
Mainwunder Agentur für kreative Kommunikation
Heinreich-Heine-Str.13
63303 Dreieich (Kreis Offenbach am Main)

1. Auflage
Lektorat: Marlies Lüer, www.silberworte.de
Coverdesign: Juliane Schneeweiss, www.juliane-schneeweiss.com
Junge © depositphotos.com/Tverdohlib.com
Kojote © shutterstock.com/sebartz
Grafiken © depositphotos.com/yyanng

Druck: CreateSpace
Amazon Media EU S.à r.l.
5 Rue Plaetis
L-2338 Luxembourg

ISBN-13: 978-1535491815
ISBN-10: 1535491817

Es war nicht fair …

Die Sonne bahnte sich einen Weg durch die dichten Baumkronen, nutzte jede noch so kleine Lücke zwischen grünen Blättern und malte ein fleckiges Lichtmuster auf den dunklen Waldboden.

Es war nicht fair …

Ich beobachtete, wie ein Stück Helligkeit auf meinem nackten Unterschenkel liegen blieb, die Haut an dieser Stelle wärmte, während die umliegenden Partien im kühlen Schatten blieben.

Es war nicht fair …

Der Sommer hatte endgültig Einzug in das Camp gehalten und ich war froh, dass wir mitten in den Wäldern Bulgariens lebten. Hier war es das ganze Jahr über recht mild, weniger heiß als in Deutschland.

Es war nicht fair …

Ich schloss die Augen, um mich voll und ganz auf die Geräusche des Waldes zu konzentrieren; das Rascheln der Blätter, das Fegen des Windes, den Ruf eines Kauzes, oder war es doch ein Singvogel?

Es war nicht fair ...

Seufzend öffnete ich die Augen. Es funktionierte nicht. Ich konnte seine Worte, seine tiefe Stimme, seine gesamte Gestalt nicht vergessen. Tag für Tag, Stunde für Stunde, Minute für Minute war er bei mir und so langsam fürchtete ich, verrückt zu werden.

»Frag ihn einfach, Lena«, murmelte ich vor mich hin, rupfte dabei ein Stückchen Moos aus dem Boden und bereute es gleich darauf. Der Wald konnte schließlich nichts dafür, dass ich den Verstand verlor.

Ich legte das Moos zurück an seinen Platz, drückte es behutsam fest und sah dann meine Beine hinab. Dort, an meinem Schienbein war der Beweis dafür, dass ich nicht vollkommen verrückt war. Zofia hatte mich angegriffen und *er* hatte mich gerettet. Doch warum nur?

»Er wird seine Gründe haben. Denkst du nicht?«, fragte ich mich selbst und fuhr sachte über die gerade verheilten Wunden. »Er wird seine Gründe haben ...«

»Mit wem redest du?«

Ich sah von der Stelle, an der man noch immer Zofias Zahnabdrücke sehen konnte, auf. Ein Junge stand vor mir, groß und schlank und mit viel zu viel Haaren um den schmalen Kopf. Im Gegenlicht konnte ich sein Gesicht nicht sehen, doch ich war mir sicher, dass er lächelte. Das tat er schließlich immer.

»Hallo Finn.« Ich deutete auf den Platz neben mir im Moos. »Und bevor du fragst, ja, ich hab sie nicht mehr alle.«

Grinsend ließ sich Finn neben mir nieder.

»Hast jetzt Höhenflüge, weil du das letzte Spiel so gut gemacht hast, was?«

»Eigentlich war das gar nicht so schwer ...«, murmelte ich und biss auf meiner Lippe herum. *Er* hatte mir auch dort geholfen. Schon wieder hatte er seine Mannschaft im Stich gelassen, um mir zu helfen. Dabei kannte er mich doch gar nicht. Ich war eine Fremde für ihn. Ich war aus seinem gegnerischen Team. Was für einen Grund sollte er haben, mir zu helfen?

»Da scheinst du wenigstens einmal Zofias Meinung zu sein.«

»Was?«

Finns Worte rissen mich aus meinen Träumereien. Alleine Zofias Name erzeugte in meinem Bauch einen Knoten.

»Sie erzählt seit Tagen nichts anderes mehr, ist dir das gar nicht aufgefallen?«, fragte er.

»Nein. Ich tue so, als existiere sie überhaupt nicht. Ist gar nicht so einfach, wenn sie ständig an Janis hängt wie eine Klette.«

»Das gibt sich wieder, wenn sie sieht, dass ihr zusammen seid.«

»Das hat sie. Da bin ich sicher. Ist schließlich kein Geheimnis. Sie will es nur nicht sehen.«

Nun rupfte ich das eben herausgerissene Moos ein weiteres Mal heraus. Ich zerpflückte es in tausend Teile und wünschte mir, es wäre ihr Gesicht gewesen.

»Lena, sie wird damit klarkommen müssen. Immerhin hat Janis dich gewählt und nicht sie. Alles halb so schlimm.« Finn stieß mich sachte von der Seite an. Ich schenkte ihm ein gequältes Lächeln.

»Das sagst du. Dir nimmt sie ja auch nicht die Freundin weg.«

Ich bedachte ihn mit einem Augenzwinkern, doch es kam nicht bei ihm an. Finns Gesichtsausdruck hatte sich schlagartig verändert. Das sonst so freundliche Strahlen war verschwunden.

»Was ist?«

Er sah auf seine Füße, scharrte mit ihnen im Boden. Ich wusste sofort, dass etwas nicht stimmte.

»Finn. Was ist los? Hab ich was Falsches gesagt?«

»Nein. Hast du nicht. Alles gut.« Er seufzte, dann stand er ruckartig auf. »Na, Lust auf ein kleines Wettrennen zum Fluss?«

Die Sonne war in den letzten Minuten weiter gewandert. Nun schien sie durch das Blätterdach direkt auf mein Gesicht. Mit der Hand vor Augen versuchte ich, Finn anzusehen.

»Nächstes Mal. Ich muss gleich zu Zoltan. Training.«

»Schade.« Finn hielt mir die Hand hin, damit ich aufstehen konnte. »Wir sehen uns nachher.«

»Klar. Bis dann.«

Ich sah ihm nach, wie er zwischen den Stämmen verschwand. Seine wilden roten Haare leuchteten auch noch von weitem, als der Rest seines Körpers schon nicht mehr zu sehen war.

Ich sah ein weiteres Mal in den Himmel. Die Sonne gab sich die größte Mühe, unser Camp mit ihren Strahlen auszuräuchern. Doch sie hatte keine Chance. Die Bäume legten mit ihren Blätterdächern ein kühles und schattiges Netz über unser Lager, um uns vor der Hitze zu schützen.

In der Ferne, am Eingang zur Trainingslichtung, entdeckte ich Zoltan. Er wartete auf mich und ich wollte nicht schon vor dem Training einen schlechten Eindruck hinterlassen. Obwohl das kaum noch möglich war. Er und ich hatten keinen guten Start gehabt und auch jetzt fühlte ich mich nicht dazu imstande, ihm freundlich gegenüber zu treten. Seltsam eigentlich, da ich sonst immer versuche, mit allen irgendwie auszukommen. Nun, zumindest mit denen, die nett zu mir sind. Davon waren *gewisse Personen* natürlich ausgeschlossen.

Das Training mit Zoltan war nötig. Jetzt, da die Spiele gegen den Rest der Akademie bevorstanden, wollte ich endlich aufholen. Ich hatte mich bei den Testspielen schließlich nicht umsonst angestrengt. Ich wollte unbedingt, dass wir gewinnen und wir hatten gewonnen. Nun musste ich besser werden, damit wir auch den Rest der Akademie schlagen konnten.

Obwohl die Testspiele bereits drei Tage her waren

und der Alltag uns alle wiederhatte, fühlte es sich für mich noch immer so an, als wäre das letzte Spiel gerade erst vorüber. Noch immer spukten die Szenen wie Bruchstücke eines Films durch meinen Kopf. Zofias Verrat, Rajanis Ausraster und das letzte Spiel, das ich für das Rudel gewonnen hatte - mit *seiner* Hilfe.

Erneut huschte das Bild des Pantherjungen vor meinen Augen umher. Auch wenn ich ihn bisher nur ein paar Mal gesehen hatte, sein Gesicht war in meine Netzhaut gebrannt wie ein Tattoo in die Haut. Ich sah es deutlich vor mir und könnte aus dem Stand ein Portrait zeichnen, vorausgesetzt, ich hätte Papier und Stift zur Hand. Was auch immer ich tat, der Pantherjunge ging mir einfach nicht mehr aus dem Kopf und so langsam wurde es wirklich gruselig.

Nur mit Mühe schob ich den Gedanken an ihn beiseite. Es war Zeit für das Training. Danach konnte ich mir immer noch überlegen, wie ich herausbekam, was er mit seinen Rettungsaktionen wirklich beabsichtigte.

Im Training mit Zoltan machte ich endlich Fortschritte. Am Ende lobte er mich sogar und das mit einem Lächeln. Das war mehr als ich in den fünf Trainingseinheiten zuvor je bekommen hatte.

Zufrieden mit mir und meiner Leistung kehrte ich am Abend ins Camp zurück. Die meisten Can hockten bereits um das Lagerfeuer. Die Stimmung war auch nach drei Tagen immer noch extrem gut. Nach wie vor kannten alle kein anderes Thema, als die Testspiele und so wurde ich erneut in ein Gespräch über meinen wahnsinnig tollen Sieg über die Fel vertieft, kaum, dass ich in Hörweite war. Zum gefühlt hundertsten Mal erzählte ich meine Version des Fährtenlesespiels und ließ dabei - wie immer - die Begegnung mit dem Pantherjungen aus.

Ich kam kaum zum Essen. So viel Aufmerksamkeit von Leuten meines Alters war etwas vollkommen Neues für mich. Nicht zum ersten Mal dachte ich an mein altes Leben in Deutschland zurück. Es war anders gewesen. Sehr viel einsamer und doch irgendwie entspannter. Obwohl ich damals keine Freunde - geschweige denn einen Freund - gehabt hatte. Nun war ich beliebt, alle kannten meinen Namen, selbst die Fel. Ich war meinem Ziel, vom Rudel akzeptiert zu werden, so viel näher. Und doch fühlte es sich nicht so gut an wie erhofft.

Mein Blick blieb für einen Moment an Janis hängen. Dem schönen und stolzen Alpha des Rudels. Kam er mir anfangs noch strahlend vor, so war er mittlerweile beinahe schon gewöhnlich. Ich schluckte angesichts meiner seltsamen Gedanken und versuchte, mich auf das zu konzentrieren, was ich hatte. Janis und ich waren ein Paar. War es nicht genau das, was ich mir schon als kleines Mädchen gewünscht hatte? Einmal mit dem beliebtesten und schönsten Jungen der Schule zusammen zu sein? Neben ihm stehen zu können und ebenso bedeutend und beliebt zu sein wie er? Oder viel mehr durch ihn?

Wie erstarrt hörte ich auf zu erzählen. Die Blicke aller Gammas, die noch bis eben meinen Erzählungen gelauscht hatten, waren mir gewiss. Sie suchten in meinem Gesicht nach dem Grund der plötzlichen Stille. Mir war auf einmal alles zu viel.

»Ich muss kurz weg.« So schnell wie möglich, ohne rennen zu müssen, suchte ich Schutz in der Dunkelheit zwischen ein paar Hütten. Mein Körper wurde überrollt von Emotionen, die ich nicht einordnen konnte. Zu viele. Zu schnell.

Mit zusammengebissenen Zähnen und geschlossenen Augen lehnte ich mich gegen das Holz der nahestehenden Hütte. Tränen stiegen in meine Augen, die ich nicht da haben wollte. Sie sollten überhaupt nicht existieren. Ich sollte glücklich sein. Ich hatte fast alles erreicht, was ich jemals erreichen wollte und in meinem alten Leben nie konnte. Doch ich war einfach nicht glücklich. Ich fühlte mich schrecklich. Ich hatte mich seit der Ankunft im Camp verändert. Ich war nun eine vollkommen andere Lena und diese Lena war mir auf so viele Arten fremd.

Mit zittrigen Fingern wischte ich mir die ersten Tränen aus den Augen. Ich atmete tief ein und aus, versuchte, die Gefühle unter Kontrolle zu bringen. Niemand sollte das hier sehen. Ich wusste, dass ich noch zu nahe am Lagerfeuer war. Meine Füße trugen mich dichter an den dunklen Wald heran. Dorthin, wo normalerweise niemand um diese Uhrzeit war. Bis auf jetzt.

»Es ist verboten, das Camp während der Nacht zu verlassen«, erklang Zofias süßlich beißende Stimme, die mir augenblicklich eine Gänsehaut bescherte. »Das solltest du mittlerweile begriffen haben.«

»Was geht dich an, was ich mache?«, fragte ich mit fester Stimme. Die Tränen waren versiegt in dem Moment, wo ich ihr gegenüber stand.

»Es geht mich sogar eine ganze Menge an.« Sie kam näher. Unwillkürlich verspannte ich mich, hielt mich sprungbereit.

»Warum?« Diese Frage stellte ich mir dutzende Male. Warum? Warum, bei allem was es auf dieser Welt gab, musste ausgerechnet *sie* jetzt vor mir stehen? Hätte es nicht irgendjemand sonst sein können? Ganz egal wer?

»*Ich* bin eine Beta, *du* bist eine Gamma. Ich bin für jemanden wie *dich* verantwortlich«, schnarrte Zofia, in gewohnt arroganter Art. Ihre Worte spiegelten genau ihr Handeln wieder. Sie sah in allen Gammas etwas Minderwertiges. Zeit, dass sie damit endlich aufhörte.

»Wenigstens bin ich kein Verräter.«

»Ach nein?« Zofias Stimme war kalt und schneidend. »Du willst mir erzählen, dass du diesen Fel also nicht kennst?«

Ich wusste sofort, von wem sie sprach und fühlte mich seltsam ertappt.

Zum Glück verbarg die Nacht die Farbe meiner Wangen.

»Ich habe keine Ahnung, wer er ist.«

»Ja, klar.« Zofia schnaubte verächtlich. »Und deine wahnsinnige Hüttengenossin kennst du also auch nicht?«

»Das ist ... etwas anderes.«

»Es ist Verrat!« Zofia knurrte bedrohlich. »Du bist keine von uns, das wirst du niemals sein. Genieß deinen Ruhm, so lange er andauert. Ich werde dafür sorgen, dass jeder die Wahrheit erfährt.«

Ich wusste, dass das keine leere Drohung war. Zofia hatte bisher keinen Moment ausgelassen, mich zu provozieren und zu demütigen. Ich musste vorsichtig sein.

»Wenigstens habe ich fair gespielt, im Gegensatz zu dir.« Autsch. Das hatte ich eigentlich nur denken wollen. Zofia war dieses Mal zwar allein, doch war sie immer noch genau so gefährlich wie mit ihren Handlangern im Rücken.

»Jeder bekommt was er verdient, Fuchsmädchen.« Zofia war mir nun so nahe, dass ich fürchtete, sie könnte die Angst von meinen Augen ablesen.

»Ja, jeder bekommt was er verdient.« Ich hielt ihrem Blick stand, zwang mich dazu, nicht nachzugeben. Auch wenn mir das Herz bis zum Hals schlug.

Zofia schien diesen Moment zu genießen, denn sie ließ sich Zeit mit einer Erwiderung. Nach einer gefühlten Ewigkeit verzog sie die Lippen zu einem

Lächeln - einem grausamen, gehässigen Lächeln.

»Du hast es immer noch nicht verstanden. Oder?«

Ich sah sie fragend an. Daraufhin lachte sie finster und stierte mir ins Gesicht wie ein drohender Hund.

»Janis gehört mir.«

Ihre Worte überraschten mich nicht.

»Sollte das nicht Janis selbst entscheiden?«, hörte ich mich sagen. Woraufhin Zofia knurrte. In ihren Augen blitzte blanker Hass.

»Er hat sich längst entschieden. Nur *du* hast es nicht begriffen.«

Ich entspannte mich etwas. Es ging ihr also wirklich um Janis. Das Ganze war ein Eifersuchtsdrama, weil sie etwas für ihn empfand und ihn nicht haben konnte.

»Ich glaube, es ist genau umgekehrt. Du willst nicht wahrhaben, dass Janis mich gewählt hat. Ja, du brauchst gar nicht so zu gucken. Er will mit mir zusammen sein. Das hat er gesagt. Und weißt du, was er noch gesagt hat?«

Ich machte eine dramatische Pause, kostete den Anflug von Verwirrung in ihrem Gesicht aus.

»Er sieht in mir die geborene Alpha.«

Das hatte gesessen!

Zofia wurde augenblicklich kreidebleich. Damit schien sie nicht gerechnet zu haben.

»Das ... das hat er nicht gesagt.«

»Doch. Hat er. Und ich glaube, viele andere Can sehen das genauso.« Ich lächelte überlegen.

»Du lügst!«, spie sie aus.

»Warum sollte ich, wenn es doch die Wahrheit ist? Da kannst du jeden fragen. Janis wird meine Worte bestätigen.«

Zofia hatte sich zurückgezogen, während ich sie von mir wegtrieb. Wir hatten so schnell die Rollen getauscht, dass ich es gar nicht richtig mitbekommen hatte. Aber ich musste zugeben, dass mir die andere Seite besser gefiel. Ich fühlte mich stärker denn je.

»Wenn du glaubst, ich überlasse ihn dir, irrst du dich«, knurrte Zofia.

»Lass es einfach sein. Du kannst nicht gewinnen. Er liebt mich, nicht dich. Akzeptier das endlich.«

»Niemals!«

Zofia schnellte nach vorne, mit ausgefahrenen Krallen. Ich hatte keine Chance. Meine linke Wange wurde urplötzlich von einem heftigen Stoß getroffen. Unbeschreibliche Schmerzen durchzuckten meinen Kiefer, als ich zu Boden ging. Eine warme Flüssigkeit lief mir übers ganze Gesicht.

Blut.

Mein eigenes Blut.

Mit den Händen hielt ich mir die offene Wange, versuchte, mit nur einem offenen Auge Zofias nächsten Angriff zu sehen. Doch sie war längst weg.

So eine feige Kuh!

Mit dröhnendem Schädel stand ich auf. Es reichte. Es war genug. Ich wusste, dass es an der Zeit war den Schritt zu gehen, den ich schon längst hätte gehen sollen.

Im Dunkeln stahl ich mich in unsere Hütte. Ich wischte das Blut von meiner Wange und legte eine schmerzlindernde Salbe auf die Stelle unter meinem Auge, die morgen sicher grün und blau sein würde. Ich war froh, dass Rajani nicht da war. Sie hätte mich sicher sofort zu Viktor geschleift oder Zofia alle Fel an den Hals gehetzt. Doch das war es nicht, was ich wollte. Es gab nur einen Menschen im ganzen Camp, dem ich davon erzählen musste.

Im Schutze der Nacht schlich ich mich davon. Ich war froh, keinen der Wachposten zu entdecken, die Viktor normalerweise aufstellte. So konnte ich ungehindert das Camp verlassen. Ich folgte einem Pfad, den ich schon öfter gegangen war, so lange, bis ich eine Lichtung betrat, in der das Mondlicht unnatürlich hell schien. Auf einem großen Stein entdeckte ich ihn endlich: Janis.

»Solltest du nicht schlafen?«, begrüßte er mich, ohne mich anzusehen. Er musste mich schon von weitem anhand meiner Geräusche oder meines Geruchs wahrgenommen haben.

»Und was ist mit dir?«

»Ich bin schon volljährig und darf das.« Ein leichtes Schmunzeln umspielte seine Lippen.

»Wie alt ... bist du eigentlich?«

»Rate.« Er wandte sich mir zu. Im Silberschein des Mondes leuchteten seine Augen so hell wie die Sterne am Himmel.

»Achtzehn?«

»Fast.«

»Neunzehn?«

»Neunzehn, einhalb.«

Ich staunte. Mit meinen gerade mal sechzehn Jahren war ich damit mehr als drei Jahre jünger als er. Anfangs hatte ich gedacht, er wäre so alt wie ich. Ben hatte zwar mal erwähnt, dass er seit drei Jahren im Camp war, doch so richtig geglaubt hatte ich das nicht. Aber jetzt, wo ich es wusste, passte es zu Janis und seiner Art. Er benahm sich sehr viel reifer, als alle Jungs aus meiner damaligen Schule. Und ich war sogar ein bisschen stolz auf mich. Welche Sechzehnjährige ging schon mit einem Neunzehnjahrigen? Ein Wunder, dass nicht mehr Zofias bereitstanden, um ihn für sich zu gewinnen.

»Komm her.« Er deutete neben sich auf den Stein. Ich kletterte zu ihm hinauf, verbarg die Kratzspuren auf meiner Wange hinter den Haaren und setzte mich zu seiner Linken. Janis legte einen Arm um mich und zog mich zu sich heran. Seine Lippen fanden meine und für einen Moment schloss ich genießend die Augen. Mit den Händen umfasste er erst meinen Nacken und wanderte dann nach vorne zu meinem Kiefer, von dort aus versuchte er, meine Wangen zu streicheln, während er mich weiter zärtlich küsste. Viel zu spät erkannte ich das Problem. Janis hatte die Kratzspuren entdeckt und löste seine Lippen von meinen.

»Was ist das?«

»Nichts.« Ich wehrte ihn ab, legte eilig die Haare wieder über meine Wange. Ich hoffte, dass das grelle Mondlicht ihm noch nicht zu viel gezeigt hatte.

»Zeig es mir.« Er griff nach meinem Handgelenk, doch ich rutschte von ihm ab. Schützend legte ich die flache Hand über den Haarvorhang. Irgendwie verlief dieses Treffen so ganz anders als geplant.

»Ich hatte dich nie für kindisch gehalten. Was soll das, Lena?«

»Ich ... habe mich beim Training verletzt.«

»Ach ja? Vorhin am Lagerfeuer habe ich die Kratzer aber noch nicht gesehen.«

Ich schwieg. Er hatte meine dämliche Lüge sofort durchschaut. Ich war noch nie gut darin gewesen. Und in solchen Situationen wie jetzt, kam ich mir mehr als dumm vor.

»Du bist also hergekommen, um etwas vor mir zu verstecken?«, fragte Janis wenig erfreut.

Ich überlegte fieberhaft, was ich ihm sagen sollte. Es

schmerzte mich, die Enttäuschung von seinen Augen ablesen zu müssen. Dabei wusste ich selbst nicht, wieso ich mich so dermaßen kindisch benahm. Warum konnte ich es ihm nicht einfach sagen? Ich war wie blockiert und konnte als Antwort nur mit dem Kopf schütteln.

»Wieso bist du dann hier?«

Das war eine gute Frage. Nur hatte ich darauf keine gute Antwort. Ihm zu petzen, dass mich Zofia ständig ärgerte, würde sein Bild von mir, dass er gerade hatte, nur noch mehr kaputtmachen. Ich brauchte einen Einfall. Irgendetwas Gutes. Jetzt. Sofort.

»Ich wollte dich sehen.« *Bingo!*

»Ach ja?« Über Janis Gesicht huschte ein verführerisches Lächeln. Verschwunden war sein Ärger, er sah mich mit genau dem Gesichtsausdruck an, der noch immer meine Knie weich werden ließ.

»Erzähl mir mehr davon«, bat er und rutschte wieder näher.

»Kannst du mir übel nehmen, dass ich mir wünsche, meinen Freund zu sehen?«

»Wir haben uns doch eben erst am Feuer gesehen«, raunte er. Sein Gesicht plötzlich sehr nahe.

»Schon ... Aber das ist schon eine Weile her und ...« Mein Stammeln zeigte Wirkung. Janis Ärger war komplett verflogen. Sein gesamter Körper drückte Anziehung aus (oder Ausziehung), und mir war plötzlich so heiß, dass ich nicht mehr dazu in der Lage war, einen korrekten Satz zu bilden. Wie in Zeitlupe sah ich ihn die Augen schließen. Kaum, dass sich unsere Lippen berührten, packte er meine Handgelenke, hielt sie mit einer Hand hinter meinem Rücken, während er mit der anderen meine Wange freilegte. Hinter jeder seiner Bewegungen war so viel Kraft und Willen, dass mir nichts anderes übrig blieb, als zu gehorchen.

»Hey, das war nicht fair!«, empörte ich mich und ließ nur widerwillig zu, dass er meine Wange begutachtete.

»Manchmal muss man eben unfair spielen.« Er grinste. Plötzlich hallten die Worte des Pantherjungen in meinen Ohren wieder. Seine tiefe, samtige Stimme sagte: *Es war nicht fair* und mir rutschte das Herz in die Hose.

»Das soll also von einem Unfall kommen? Kratzspuren in Form einer Tatze? Für wie dumm hältst du mich?« Janis ließ mich los, ich nutzte den Moment, um tief Luft zu holen. Es gab nun kein Zurück mehr. Etwas in mir war sogar froh, dass ich keine andere Wahl hatte, als die Wahrheit zu sagen.

»Ich hatte einen Streit mit einem Rudelmitglied«, begann ich.

»Wirklich? Du?« Janis sah gleichermaßen überrascht und freudig aus. »Der Sieg über die Fel scheint dir zu bekommen.«

»Du findest das ... gut?«

»Klar. Endlich legst du deine Scheu ab und tust das, was für dich natürlich ist.«

»Du findest es natürlich, dass sich Mitglieder deines Rudels verstümmeln?« Ich konnte kaum glauben, was ich da hörte.

»Jetzt übertreib mal nicht. So ein paar Kratzer sind doch nichts.« Er winkte ab.

»Das nennst du *Kratzer*?« Ich zeigte ihm meine Wange aus freien Stücken. Janis warf einen prüfenden Blick darauf und zuckte dann mit den Achseln.

»Halb so schlimm. Es wird schnell verheilen. Du wirst sehen. Schon morgen ist davon nicht mehr viel zu sehen.«

Mir blieb der Mund offen stehen. Seine Reaktion verlief ganz anders, als ich erwartet hatte.

»Willst du gar nicht wissen, mit wem ich mich ... gefetzt habe?«

»Das ist nicht schwer zu erraten.« Janis grinste schelmisch. »Hat Zofia wenigstens auch so ein Andenken an euren Streit?«

Bin ich im falschen Film?

Unschlüssig, ob es wirklich Janis war, der diese Worte gesagt hatte, starrte ich ihn an. Ja, kein Zweifel. Es war Janis. Alles an ihm war so, wie ich es kannte. Bis auf seine Worte. Die waren mir genau so fremd, wie ich mir selbst in letzter Zeit.

Ich sprang vom Felsen herunter und ging ein Stück im Mondlicht. Die Nacht war wunderschön und ich hätte sie gerne genossen. Doch heute schien irgendwie alles kopfzustehen.

»Lena.« Ich erschrak, als ich Janis Finger auf meiner Schulter spürte und fuhr herum.

»Du magst sie, oder?«, fragte ich vorsichtig und ohne einen Anflug von Emotionen in meiner Stimme.

»Wen meinst du?« Janis kuschelte sich an mich heran, streichelte meine Arme und küsste mich auf die Stirn. Es fühlte sich so richtig an und doch so falsch.

»Zofia natürlich.«

Er hielt inne.

»Bist du etwa eifersüchtig?« Er schien erneut eher amüsiert zu sein als wütend.

»Quatsch! Darum geht es doch gar nicht. Ich ...« Es fiel mir schwer, meinen Ärger zu zügeln. Doch ich wusste, dass ich es tun musste. Dieses Gespräch war längst überfällig und ich wollte ihm keine Szene machen, sondern ihn nur über die Fakten aufklären. Klar und sachlich. Ohne Geheul.

»Sie ist nun mal anders in deiner Gegenwart. Und das weißt du vielleicht nicht. Deswegen ... dachte ich, du solltest es erfahren.«

»Ich habe keine Ahnung, was du meinst.« Zärtlich strich er mir das Haar aus der Stirn. Überwältigt von seinen schönen Augen brauchte ich einen Moment, um weiterzusprechen.

»Sie ist gefährlich.« Ich suchte in seinem Blick einen Anflug von Verständnis. Doch da war nichts. Nur Unglaube.

»Sie ist etwas grob zu den Jüngeren. Aber gefährlich? Für die Fel vielleicht.«

»Du verstehst das nicht.« Ich schüttelte den Kopf. »Sie ... sie steht zwischen uns.«

Janis hob eine Augenbraue.

»Das sollte dich nicht interessieren. Immerhin bin ich mit dir zusammen und nicht mit ihr.«

»Sie glaubt ... Ach, ich weiß auch nicht.«

»Lena. Mach dir nicht so einen Kopf deswegen. Zofia ist ein bisschen schwierig. Das stimmt. Aber sie hat trotz allem ein gutes Herz. Und sie ist Teil des Rudels. Deines Rudels.« Er lächelte süß. »Tu mir den Gefallen und lerne, mit ihr auszukommen.«

»Das solltest du ihr vielleicht auch mal sagen«, giftete ich zurück.

»Wie meinst du das?«

»Sie mag mich nicht besonders.«

Janis lachte kurz auf.

»Na und? Ich mag dich aber und ist das nicht mehr wert, als alles, was sie sagt und tut?«

Er hatte recht. Und dennoch blieb das seltsame Gefühl haften, dass ich seit Beginn des Gesprächs hatte. Janis verteidigte sie und das gefiel mir ganz und gar nicht.

»Und was ist ... wenn sie die Grenzen überschreitet?«, setzte ich wieder an.

Janis seufzte.

»Das wird sie nicht tun. Ich werde mit ihr reden, falls es das ist, was du willst.«

Ich schüttelte den Kopf. Denn ich war mir sicher, dass das alles nur noch schlimmer machen würde.

»Was willst du dann? Soll ich sie ignorieren? Dich in aller Öffentlichkeit an mich ziehen und knutschen?«

»Das wäre … vielleicht eine Möglichkeit?«, gab ich mit rosigen Wangen zu verstehen. Janis Grinsen wurde immer breiter.

»Na, wenn das so ist.« Grob zog er mich an sich. Ich erschrak und kicherte dabei. Doch das Lachen verging mir in dem Moment, wo ich seine Lippen spürte. Janis war so unglaublich zärtlich, dass ich für einen Moment vergaß, wo ich war. Ich war wie Wachs in seinen Fingern, während er mich an sich presste.

»Wo bleibt mein Biss?«, fragte er zwischen ein paar Küssen.

»Du musst dir mehr Mühe geben«, murmelte ich und spitzte die Lippen erneut. Ich liebte es, ihn so zu necken und war mir sicher, dass er die Herausforderung annehmen würde. Was er auch tat. Ein wenig schnell, dafür aber sehr viel intensiver als erwartet, trafen sich unsere Zungen. Ich war überwältigt von so viel Gefühl, dass ich nicht anders konnte als leise zu seufzen. Janis sah das wohl als Zustimmung für seine Fähigkeiten und grinste verschmitzt in den Kuss hinein.

Dann, kaum, dass wir richtig angefangen hatten, überkam mich ein seltsames Gefühl.

Etwas stimmte nicht.

Jemand war da.

Beobachtete uns.

Ich öffnete während des Kusses die Augen, schielte an Janis vorbei in den Wald und brach kurz darauf den Lippenkontakt ab.

Da war er.

Der Pantherjunge!

Er war gekommen und er sah uns zu herüber. Zwischen den Bäumen stand eine große tiefschwarze Katze mit leuchtend grünen Augen.

Janis hatte noch nichts davon mitbekommen und krabbelte an meinem Oberarm herum, während ich mir alle Mühe gab, mich nicht auffällig zu verhalten. Ich strich über seine Brust, küsste ihn weiter und kam mir dabei ganz komisch vor.

Was wollte er hier?

Und wieso war er verwandelt?

Plötzlich eine Bewegung im Augenwinkel.

»Achtung!«, rief ich und zog Janis schnell am Kragen zu mir. Die Pranke des Panthers verfehlte uns nur knapp. Die Großkatze stoppte in ihrem Lauf und machte kehrt. Im hellen Mondlicht leuchtete ihr Fell bläulich.

Janis hatte die Situation sofort erfasst und stellte sich beschützend vor mich. Er knurrte aus tiefster Kehle und ich sah bereits den Ansatz von Ohren zwischen seinen blonden Haaren.

Sein Knurren schien Wirkung zu zeigen. Denn der Panther kam nicht näher. Stattdessen stand er wie erstarrt da, die Augen auf mich geheftet. Doch sie waren anders, als ich sie in Erinnerung hatte. Sie sprachen eine ganz eindeutige Sprache. Der Pantherjunge wollte meinen Tod, die Vorstellung ließ mich erschaudern. Offensichtlich hatte ich mich in ihm getäuscht.

Eine gefühlte Ewigkeit standen wir nur so da. Janis und ich auf der einen, der Panther auf der anderen Seite. Jeder wartete darauf, dass der jeweils andere zuerst agieren würde. Mein Herz klopfte dabei so schnell, dass ich mich kaum auf etwas anderes konzentrieren konnte. Janis schien da deutlich entspannter zu sein. Für einen kurzen Moment vernahm ich sogar seinen Herzschlag. Er war ruhig und gleichmäßig, aber kräftig. Ich war froh, dass Janis bei mir war. Wer weiß, was geschehen wäre, wenn ich ganz alleine dort gestanden hätte.

Dann eine Bewegung.

Der Pantherjunge zog sich langsam zurück.

Mit dem tiefen und gleichmäßigen Atmen ließ ich mir Zeit, bis er vollkommen außer Sichtweite war.

»Was hat der denn für ein Problem?«, fragte Janis berechtigterweise und sah ihm noch immer hinterher. Er schien darauf zu warten, dass er zurückkam.

»Keine Ahnung. Schon komisch, irgendwie ...« Ich presste die Lippen aufeinander und verfluchte die Hitze auf meinen Wangen.

Janis beobachtete die Gegend noch eine ganze Weile. Danach entspannte er sich etwas und wandte sich wieder mir zu. An seinem Blick konnte ich erkennen, dass er immer noch in Habacht-Haltung war.

»Alles okay bei dir?«

»Ja. Klar«, murmelte ich. Meine Gedanken kreisten. Das machte doch alles keinen Sinn. Erst rettete der Pantherjunge mich - zwei Mal - und dann griff er mich an?

»Er war es. Stimmts?« Janis direkte Frage irritierte mich.

»Was? Nein!«, antwortete ich etwas zu schnell.

Scheiße. Er weiß es!

»Lena? Sag mir die Wahrheit.«

»Hab ich doch.«

»Du wirst rot, wenn du lügst.«

Ich wusste, dass er recht hatte. Meine Wangen glühten, als wäre ich eine halbe Stunde am Stück gerannt. Doch wie konnte er das sehen, bei der Dunkelheit?

»Er war es, der dich bei den Spielen verletzt hat. Oder?«

»Nein«, sagte ich entschieden. »Es war ... jemand anderes.«

»Nimmst du ihn etwa in Schutz?«

»Quatsch! Ich will nur nicht einen Falschen beschuldigen!«

Janis sah mich prüfend an. Vorbei war es mit dem süßen Beisammensein. Der Alpha in ihm war nun präsent und ich wusste, dass er nicht eher Ruhe geben würde, bis er die Wahrheit kannte. Mein vorheriger Versuch, ihm die Wahrheit zu sagen, hatte so gar nicht funktioniert. Deshalb brauchte ich jetzt eine bessere Wahrheit. Eine, die man glauben konnte.

»Es war Jeff ...« Tante Rita würde mich mit Erdbeermilch-Entzug bestrafen, wenn sie erfuhr, dass ihre Lieblings-Nichte zu einer Lügnerin geworden war.

»Du meinst Geoffrey, dieser reizbare Leopard?«

»Ja. Er und seine Kumpels haben mich kurz vor dem Ziel abgefangen.« Ich biss mir auf der Lippe herum und hoffte, Janis würde mir diese Geschichte abkaufen.

»Und was war mit dem Panther?«

»Der war nicht dabei«, log ich und fühlte mich dabei immer unwohler. Janis sah mich prüfend an. Seine blauen Augen waren zu Schlitzen verengt.

»Und das soll ich dir glauben?«

Ich nickte und kam mir dabei furchtbar elend vor. Janis forschte noch für einen Moment in meinem Gesicht. Dann sah er hinauf zum Mond.

»Es ist schon spät. Wir sollten schlafen gehen. Ich bringe dich zurück.«

Betreten sah ich zu Boden und folgte Janis zurück zum Camp. Zur Verabschiedung zog mich Janis in eine kurze Umarmung.

»Ich hoffe, du sagst mir irgendwann die Wahrheit.«

Es musste bereits nach Mitternacht sein, als ich in Rajanis und meiner Hütte einkehrte. Die Öllampe gab noch immer schwaches Licht von sich und offenbarte, dass meine Mitbewohnerin im Bett hockte und an die Decke starrte. Ihre Augen waren groß und verfolgten den Zick-Zack-Flug einer Fliege.

Schmunzelnd ließ ich mich auf mein Bett fallen, trat die Schuhe von den Füßen und seufzte laut. Das war eigentlich ein Zeichen, das jede Freundin verstehen musste. Nur Rajani bildete dabei mal wieder eine Ausnahme. Sie jagte noch immer der Fliege nach und hielt es nicht mal für nötig, mich zu begrüßen. Gelangweilt nahm ich eines der wenigen Bücher aus meinem Koffer, das ich bei meiner übereilten Abreise hatte greifen können und schlug es auf. Ich überflog ein paar Zeilen und merkte dann, dass mir das Lesen nicht helfen konnte. Ich hatte das dringende Bedürfnis zu reden und meine bescheuerte Mitbewohnerin hatte nichts Besseres zu tun, als einer Fliege nachzujagen.

»Raja!«, ermahnte ich sie, als sie auf mein Bett sprang, da sich die Fliege auf meine Seite der Hütte verkrümelt hatte.

Rajani schlug ein paar Mal wild in die Luft, halb auf mir drauf, dann schüttelte ich sie ab und sie schien zurück in die Wirklichkeit zu finden.

»Lena? Seit wann bist du hier?«

»Das ist ein Scherz, oder?« Ich konnte nicht glauben, dass sie meine Ankunft nicht mitbekommen hatte. Ich war nicht gerade leise gewesen. Noch dazu war die Hütte so klein, dass man sich praktisch immer im Weg stand.

»Ich war gerade auf der Jagd. Da bekomme ich nicht viel mit.«

»Das habe ich gesehen.«

»Du bist spät zurück«, erkannte sie und schenkte mir endlich ihre volle Aufmerksamkeit. »Ist was passiert?«

»Könnte man so sagen.« Ich merkte erst jetzt, dass ich wütend war. Richtig wütend. Und der Grund dafür war der Pantherjunge, der einfach immer da war und mich jetzt sogar angegriffen hatte.

»Was ist los? Ärger mit deinem *Schnuffel*?« Rajani grinste, doch ich konnte es nicht erwidern.

»Nenn ihn nicht so. Das klingt, als wäre er ein Hundewelpe.«

»Ist er das nicht? Mit seinen großen blauen Augen und dem weichen Fell und den niedlichen Öhrchen? Ach komm schon, Lena. Gib zu, dass er niedlich ist.«

»Vielleicht ein bisschen …« Ich musste mir ein Lächeln nur schwer verkneifen, bei Rajanis Versuch, einen Hundeblick aufzusetzen. »Aber darum geht es gerade nicht.«

»Also keinen Ärger mit Jungs?«

»Doch.«

»Ich wusste es!« Rajani sprang aufgeregt auf der Stelle. »Es gibt noch einen anderen. Oder? Du fährst zweigleisig und hast Angst, dein Süßer findet es raus und schmeißt dich aus dem Rudel!«

»Wie kommst du auf die Idee?« Das war so abwegig, dass ich lachen musste.

»Du bist seit den Spielen ganz verändert. Und da liegt ein Junge doch nahe.«

»So ein Quatsch.« Ich schüttelte den Kopf. Mehrfach. So lange, bis mir schwindelig wurde. Verdammt!

»Wer ist er?«

»Raja, du liegst völlig falsch. Ich habe Probleme mit einem Jungen, aber nicht so, wie du jetzt denkst.« Zumindest hoffte ich, dass es nie so weit kommen würde.

»Wer?«

»Ich kenne seinen Namen nicht. Aber er … ist echt ein Idiot und … Ich muss mit ihm sprechen. Kannst du da vermitteln?«

»Klar. Wer ist er?« Rajanis Augen leuchteten vor Erwartung.

»Du kennst ihn bestimmt, er … ist ziemlich blass und groß und … hat grüne Augen, schwarze Haare.«

»Noel. Was willst du von ihm?«

Noel also ... schöner Name.

»Ich muss mit ihm sprechen. Dringend. Kannst du ...?«

»Morgen. Nach dem Frühstück.« Rajani war plötzlich sehr abweisend. Es schien sie gar nicht mehr zu interessieren, was für ein Problem ich mit ihm hatte.

Noel

Ich ließ seinen Namen auf der Zunge zergehen, als würde ich dessen Geschmack testen. Er fühlte sich gut an. War zugleich weich und kraftvoll. Der Name klang dunkel und einfühlsam und passte perfekt zu dem Bild, das ich eigentlich von ihm gehabt hatte, das er durch sein heutiges Gehabe vollkommen ruiniert hatte.

»Ich werde ihn bitten, danach zu warten. Kann aber sein, dass er das nicht will. Also mach dir nicht zu große Hoffnungen«, erklärte Rajani.

»Danke, Raja.« Ich lächelte ehrlich, doch sie zuckte nur mit den Schultern und stieg dann ins Bett.

»Gute Nacht.«

»Schlaf gut.«

Während des Frühstücks am nächsten Tag bekam ich kaum einen Bissen runter. Meine Kehle war trocken und zu eng, um das spröde Fleisch hinunterzuschlucken. Ich zog es vor, viel zu trinken und aß eine Banane. Die belegten Brote hob ich mir für später auf. Das leichte Zittern meiner Hände gefiel mir gar nicht. Und es hörte leider auch nicht auf, als sich das Essen dem Ende näherte. Es wurde nur schlimmer. Zu dem Zittern mischte sich ein heftiges Herzklopfen und obwohl es so warm war, fröstelte ich.

Als sich die Gammas erhoben, um zu ihrem Gruppentraining mit Zoltan zu gehen, an dem ich teilnehmen sollte, wimmelte ich sie ab und sagte, ich hätte etwas in der Hütte vergessen. Finn sah mir neugierig nach als ich mich scheinbar auf den Rückweg machte und dabei die Fel ganz genau im Auge behielt. Ich hatte den Pantherjungen noch nicht gesehen und etwas in mir sagte, dass das kein gutes Zeichen war.

Vielleicht weigerte er sich wirklich, mit mir zu reden?

Vielleicht hasste er mich?

Vielleicht war das alles ein großes Missverständnis?

»Komm mit.« Rajani packte mich plötzlich am Arm und zog mich mit sich in Richtung Hütten. Mit wachsender Furcht folgte ich ihr - nicht ganz freiwillig - und versuchte, meine Empfindungen zu kontrollieren. Es gelang mir nicht. Mein Herz stolperte, als ich zwischen den Hütten Noel erkannte. Er sah in unsere Richtung. Mir wurde heiß und kalt zugleich. Ich wäre am liebsten geflüchtet, doch Rajanis fester Griff um meinen Oberarm ließ mir keine andere Wahl. Mein Herz raste auf den letzten Metern.

Ich stolperte ein paar Mal fast und war dann doch froh, dass Rajani da war und meinen Arm hielt.

»Lena, Noel - Noel, Lena. So, nun besprecht, was ihr unbedingt besprechen müsst. Ich bin beim Training.«

Plötzlich fehlte Rajanis Stütze. Sie war einfach weg und das machte mir ein weiteres Mal schmerzlich bewusst, dass ich ein Problem hatte. Ein riesiges Problem. Mit ihm.

Für einen Moment standen wir schweigend da. Noel sah mich interessiert, wenn auch ein wenig gelangweilt an. Er schien absolut keine Ahnung zu haben, wieso ich darauf bestanden hatte mit ihm zu reden. War er denn verrückt?

»Beeil dich. Ich muss zum Training«, sagte er mit gewohnt tiefer Stimme. Seine offen gezeigte Gleichgültigkeit sorgte dafür, dass sich in meinem Bauch Wut staute.

»Was willst du eigentlich von mir?«, platzte es aus mir heraus. Die Angst, die ich noch vor einer Minute empfunden hatte, war komplett verflogen.

Noels Augen wurden kleiner, seine Brauen zogen sich in der Mitte zusammen. Damit schien er nicht gerechnet zu haben. Zu einer Antwort konnte er sich dennoch nicht durchringen.

»Das gestern war echt nicht witzig. Du hättest uns verletzen können!«

Nun wich sein Unglaube einem Ausdruck von Verwirrung. »Was redest du da?«

»Du weißt genau, wovon ich rede. Tu nicht so, als wäre alles gut. Du hast uns angegriffen!«, fuhr ich ihn an. Es war mir ganz egal, dass ich viel lauter sprach als ich beabsichtigt hatte.

»Wo soll das gewesen sein?«

»Im nördlichen Wald auf der Lichtung natürlich.«

»Wann?« Er schien ernsthaft an einer Antwort auf seine Frage interessiert zu sein.

»Kurz vor Mitternacht, geschätzt. Ich weiß es nicht genau. Du musst das doch wissen.«

Er sah an mir vorbei ins Leere. Seine Lippen wurden schmal. Er schien zu überlegen. Dann nickte er leicht und sah in Richtung Wald, als wäre ich gar nicht da.

»Du erinnerst dich nicht daran. Oder?«, fragte ich dann und dachte an Rajani und ihren Wutausbruch bei den Spielen. Möglicherweise war Noel auch ein Attacker und hatte gar nicht mitbekommen, was er tat? Das würde es zumindest erklären.

»War es das?«, fragte er dann, schon im Begriff zu gehen.

»Nein. Eigentlich ... wollte ich dich noch etwas fragen«, gestand ich und sah kurz auf meine Füße. Das stete Pochen meines Herzens machte es nicht einfacher, die richtigen Worte zu finden. Leise ausatmend sah ich hinauf. Unsere Blicke trafen sich und ich erkannte ihn endlich wieder.

»Warum hast du mich gerettet?«

Stille.

In seinem Gesicht regte sich absolut nichts. Wären seine Augen nicht so wahnsinnig ausdrucksstark, ich hätte schwören können, mit einer Wand zu reden.

»Du hättest das nicht tun müssen. Ich meine ... Du bist ein Fel und ich eine Can ... Wir sind verfeindet und ...«

»Wir sind alle Wandler«, unterbrach er mich.

Seine Worte rührten mich zu Tränen. Ich biss mir auf die Lippen, um nicht auf der Stelle losheulen zu müssen.

»Du ... hältst also nichts von dieser Trennung«, schlussfolgerte ich. Er war damit der Erste und Einzige, der nicht bei diesem Kleinkrieg mitmachte.

»Sie beschäftigen uns damit. Nichts weiter.«

Ich hoffte, er würde seine Worte erklären. Doch dazu kam es nicht. Er machte zwei Schritte in die Richtung, in der entfernt ein paar Fel standen und uns beobachteten.

»Ist noch etwas? Ich muss los.«

»Ja. Etwas ist da noch.« Ich lächelte ihn an. »Danke. Du hast mich nicht nur gerettet, sondern mich auch gewinnen lassen. Das war ... nett von dir. Du hast deine eigene Mannschaft hintergangen - für mich. Das hättest du wirklich nicht tun müssen.«

»Die Spiele bedeuten mir nichts.« Mit diesen Worten drehte er sich um und ging.

Ich sah ihm nach, bis er mit den anderen Fel zwischen den Bäumen verschwand. Ein eigenartiges Gefühl ergriff von mir Besitz. Ich wusste, dass er mir von nun an nie wieder aus dem Kopf gehen würde und es war mir egal.

In den nächsten Wochen machte ich immer größere Fortschritte. Nicht nur was das Training anbelangte, auch mein Ansehen im Rudel stieg. Einige andere Can, nicht nur die Gammas, suchten den Kontakt mit mir, fragten mich um Rat oder beglückwünschten mich für meine Fortschritte. Ich fühlte mich mehr und mehr wie ein vollwertiges Mitglied des Rudels.

Janis war mächtig stolz auf mich und ließ kaum eine Möglichkeit aus, das zu zeigen. Es war mir manchmal sogar ein wenig peinlich, wie er mich vor allen anderen lobte und an seine Seite rief. In der Schule war ich früher zwar eine kleine Streberin gewesen, doch auch da war es mir lieber gewesen, wenn die Lehrer meine gute Leistung nicht noch hervorgehoben hatten vor allen anderen. Das hatte nur zu Konflikten mit Nancy und ihrer Clique geführt. Auch hier im Camp waren solche Dinge nicht zu vermeiden. Dennoch fühlte ich mich viel besser - stärker. Und das war definitiv ein Zugewinn.

Je mehr ich an Ansehen gewann, desto schweigsamer und nachdenklicher wurde Finn. Anfangs hielt ich es noch für eine Laune. Doch nach all den Wochen war es nicht mehr zu leugnen. Finn hatte ein Problem und er schien niemanden zu haben, dem er es anvertrauen konnte. Ich bezweifelte zwar, dass ich die Richtige für diesen Job sein könnte, dennoch musste ich etwas tun. Zu den Testspielen war er immer so fröhlich und lustig gewesen, hatte nie einen Moment ausgelassen, mir komische Geschichten über die Fel und die anderen Campmitglieder zu erzählen und stets gelächelt. Nun war er kaum noch bei den Versammlungen des Rudels anwesend, verschwand schnell nach den Mahlzeiten und trug seine offensichtlich negativen Gefühle wie eine Maske mit sich herum.

Eines Tages, während der Mittagspause zwischen den Trainingseinheiten, erwischte ich ihn an der Essensausgabe. Ich schob mich nach ihm in die Schlange, nahm mein Fresspaket für den Tag entgegen und folgte ihm dann in Richtung Gruppentraining.

»Hey!«, erklang meine Stimme etwas zu euphorisch. Finn bemerkte mich und schenkte mir ein Lächeln.

»Hey«, antwortete er und verstaute sein Essen in der Hosentasche seiner Shorts, die bei dem heißen Wetter auch bitter nötig waren.

»Training, hm. Schon aufgeregt, was Viktor diesmal mit uns vorhat?«, begann ich das Gespräch.

»Nicht wirklich. Ich kenne seine Methoden.«

Ich sah Finn von der Seite herauf an. Sein Lächeln

war verschwunden, schneller als befürchtet. Ich wusste zwar, dass es keine gute Idee war, ihn mit der Nase in das Problem zu tunken, doch hatten wir nur noch ein paar Schritte allein, bevor die Trainingslichtung in Reichweite kam.

»Was ist los? Du bist seit einer ganzen Weile so anders.«

»Ich weiß.« Finn sah auf seine Füße. Die wilde Lockenpracht verbarg sein Gesicht.

»Du musst es mir nicht verraten, wenn du nicht willst. Ist schon gut. Aber mit jemand anderem solltest du reden. Vielleicht mit Matteo?«

Als hätte ihn eine Biene gestochen, zuckte er zusammen und starrte mich an.

»Er wird nie mehr mit mir reden. Ich hab alles kaputt gemacht«, platzte es aus ihm heraus. In seinen Augen stand unendlicher Schmerz.

Das zu klären würde etwas länger dauern.

»Willst du es mir erzählen? Also, ich meine nicht jetzt, aber vielleicht nachher?«

Finn nickte und sah dann wieder betroffen zu Boden. Er tat mir leid, obwohl ich noch keine Ahnung hatte, was vorgefallen war. Es musste etwas Schlimmes sein, wenn Matteo nicht mehr mit ihm reden wollte. Sie waren immerhin beste Freunde und für mich so etwas wie ein Vorbild. Sie scherten sich nicht um die Rangordnung im Rudel und lebten ihre Freundschaft offen aus. Das war einer der Gründe, wieso ich gewagt hatte, mich richtig mit Rajani anzufreunden.

»Nachher klingt gut«, sagte Finn, kurz bevor wir zu den anderen aufschlossen. Ich lächelte ihm zu, während ich mich einreihte und Viktors Anweisungen lauschte.

Das Training ging eine ganze Weile und ich war, wie so oft, nicht richtig bei der Sache. Doch diesmal lag es nicht daran, dass ich immer wieder an Noel dachte. Nein, es kam auch Finn dazu, der mir mit der Zeit richtig ans Herz gewachsen war und den ich, neben Rajani, zu meinen besten Freunden zählte. Es schmerzte mich zu sehen, wie schlecht es ihm ging und ich wollte ihm helfen. Ganz egal wie.

Nachdem Viktor alles, aber auch wirklich alles, aus uns herausgeholt hatte, entließ er uns in den freien Nachmittag. Ich heftete mich sofort an Finns Fersen und ignorierte alle Versuche der anderen Gammas, mich in ein Gespräch zu verwickeln. Der Trainingserfolg war mir egal. Janis war mir egal. Selbst Noel war für einen Moment egal. Es zählte nur Finn.

Wir warteten darauf, dass die anderen vorliefen, und verschwanden dann in Richtung Wald. Ich folgte Finn eine ganze Weile, ohne Fragen zu stellen. Zumindest so lange, bis ich sicher war, dass uns niemand folgte.

»Wohin wollen wir?«, fragte ich mit Blick auf den umliegenden Wald, der mir nicht so gut bekannt war.

Es war der südliche Wald, den wir bisher nur zu den Testspielen betreten hatten. Die Wächter sahen es nicht gerne, wenn wir uns dort aufhielten, und scheuchten die meisten Schüler wieder zurück ins Camp. Uns hatten sie bei dem Gewusel auf dem Platz nicht gesehen und mittlerweile waren wir auch außer Reichweite. Wir taten etwas Verbotenes, das wussten wir beide. Trotzdem lief Finn in gerader Linie immer weiter. Ich war für einen Moment hin und her gerissen, entschied mich aber dann doch, ihm zu vertrauen. Finn schien ein Ziel vor Augen zu haben und so folgte ich ihm, ohne weitere Fragen zu stellen.

Der Wald wurde dichter, je weiter wir uns nach Süden bewegten. Tannen mischten sich zwischen Laubbäumen und bald schon ging es leicht bergauf. Vereinzelte Felsen und Erdspalten wuchsen aus der Erde und machten uns das Vorankommen schwer. Unzählige Schweißperlen auf der Stirn, nahm ich einen Schluck aus meiner Wasserflasche, die ich zum Glück mitgenommen hatte. Wenn ich gewusst hätte, dass Finn vorhatte, mich stundenlang durch den Wald zu schleppen, hätte ich mir einen Rucksack gepackt. So blieb mir nur das bisschen vom Fresspaket und die Hoffnung, dass er irgendwann stehenbleiben würde.

Als es nach gefühlt hundert Stunden endlich soweit war, war meine gesamte Kleidung durchgeschwitzt. Ich stützte die Hände auf den Knien ab und atmete die warme Luft ein, die nun zum Glück in Form von Wind die Steigung hinab wehte.

»Komm mit.« Finn bog scharf nach rechts ab und verschwand hinter einem riesigen moosbewachsenen Findling.

Stöhnend und mit dröhnendem Schädel folgte ich ihm in die Kühle zwischen den Felsen. Plötzlich war er verschwunden. Vor mir, zwischen zwei großen Steinen, wartete eine finstere Spalte darauf, betreten zu werden.

»Finn?« Ich bog den Farn beiseite, der den Eingang zum größten Teil bedeckte und starrte in die Dunkelheit dahinter. In weiter Ferne hörte ich das leise Plätschern von Wasser. Doch egal wie sehr ich mich anstrengte, meine Augen konnten nicht weiter als ein paar Meter ins Innere sehen.

»Finn, bist du da drinnen?« Ich setzte einen Fuß in die Höhle. Kälte umfing mich und zwang mich, gegen meinen Willen, hinein. Die hohe Luftfeuchte zwischen den Felsspalten war angenehm und nach dem vielen Gelaufe ungemein erfrischend.

»Finn?«, versuchte ich es ein weiteres Mal und diesmal antwortete er.

»Lena, ich bin hier hinten«, hallte es aus weiter Ferne. »Verwandel dich, dann siehst du mehr.«

Gesagt, getan.

In Fuchsgestalt konnte ich in der Tat deutlich besser sehen. Meine Augen gewöhnten sich sofort an die Dunkelheit und offenbarten mir, dass der Gang gar nicht so lang war wie gedacht. Nach ein paar Metern schon machte er eine Biegung nach rechts und dahinter lag Licht. Auf dem Weg durch die Höhle trafen mich immer wieder kleine Tropfen, die auf meinem dichten Fell haften blieben und mich zusätzlich kühlten. Doch es musste noch deutlich mehr Wasser geben, dem immer lauter werdenden Rauschen nach zu urteilen.

Finn wartete in Menschengestalt auf mich am anderen Ende des Ganges, dort wo die Höhle aufhörte. Ich verwandelte mich zurück und folgte ihm das letzte Stück nach draußen. Wir kamen bei einer Art Stein-Vorsprung wieder heraus, der mehrere Meter über dem Waldboden einer Senke lag. Neben uns rauschte ein kleiner Wasserfall zwischen Steinen in die Tiefe. Die Sonne erreichte das kleine Paradies nicht zur Gänze und blieb an den großen Steinen über uns hängen. Doch der kleine See unter uns lag im Schatten und sah so verflucht verführerisch aus. Ein Jammer, dass ich kein Handtuch dabei hatte.

»Wo sind wir hier?«, fragte ich Finn, der sich an den Rand des Steins gesetzt hatte und die Füße in der Luft baumeln ließ.

»Das ist mein Lieblingsort.« Er lächelte und mir wurde warm ums Herz, als ich erkannte, dass es ein echtes war.

»Das glaube ich dir. Es ist traumhaft schön hier«, schwärmte ich und konnte mich gar nicht sattsehen an dem Wasserfall, den vielen Pflanzen, die den See vor der Sonne schützten und dem herrlichen Farbenspiel, das die spiegelglatten Steine in die Oase trugen.

»Wie hast du diesen magischen Ort gefunden?«

»Den haben wir vor ein paar Jahren durch Zufall entdeckt. Seitdem waren wir regelmäßig hier. Haben gebadet und ... geredet.« Die Stimmung kippte augenblicklich.

»Habt ihr euch gestritten, Matteo und du?«, wagte ich mich langsam voran.

Finn zog die Schuhe aus und beugte sich dann nach vorne, sah über die Kante des Steins hinab in den kleinen See.

»Dieser Ort erinnert mich an Zuhause.« Er lächelte in sich hinein. »Als Kind war ich oft am *Glenevin Waterfall* in Clonmany. Der sieht dem hier recht ähnlich.«

»Clonmany. Wo liegt das?«

»In Donegal im Norden Irlands.«

»Du bist also ein waschechter Ire?« Ich musste grinsen, weil das einfach zu ihm passte. Alleine seine naturroten Haare sprachen dafür. »Wo kommst du her?«

»Aus Rossnowlagh. Das liegt in der Nähe von Coolmore, in der Donegal Bay. Früher habe ich mit meiner Familie auf dem Land gewohnt, aber nach Vaters Kündigung sind wir in die Stadt gezogen. Obwohl Rossnowlagh keine Stadt ist. Es ist eher ein Dorf an der Küste. Das gesamte Jahr über kommen Surfer und Familien dorthin. Ich glaube, dort gibt es mehr Parkplätze als Häuser.« Finn sah in die Ferne, ich glaubte, er sähe die Bucht vor sich, von der er erzählte.

»Ich habe es gelernt. Surfen meine ich. Das gehört dort einfach dazu.«

»Deswegen zieht es dich auch so zum Wasser hin. Du bist immer der Erste, der nach *Baden* schreit«, erinnerte ich mich.

»Ja, vermutlich. Ich brauche die Nähe zum Wasser einfach, sonst fühle ich mich nicht wohl.«

»Eigentlich wärst du der geborene Pisce, meinst du nicht?«

Finn lachte.

»Und als Karpfen den ganzen Tag im Fluss herumschwimmen? Nein danke. Da bin ich lieber ein Kojote und laufe stundenlang durch den Wald. So ein Dasein als Fisch ist doch bescheuert.«

»Sag das nicht. Die haben in ihrem Camp bestimmt Spaß. So den ganzen Tag im Schwarm den Fluss auf- und abzuschwimmen.« Ich kicherte.

»Oh, die veranstalten sicher Wettkämpfe im Blubberblasen machen unter Wasser. Wer am schnellsten hundert Stück gemacht hat, gewinnt ... öh, einen Ring aus Algen, oder so.«

Finns Art zu lachen war ansteckend. Bald schon schallte unser beider Lachen durch die versteckte Oase und ich vergaß sogar für einen Moment, wieso wir dort waren.

Finn allerdings nicht. Nachdem er sich ausgelacht hatte, seufzte er laut und sah dann wieder sehnsüchtig ins Leere.

»Weißt du, Lena. Ich wusste von Anfang an, dass wir uns gut verstehen würden. Du bist das einzige Mädchen, mit dem ich mich wirklich unterhalten kann.«

»Sag bloß, du hast versucht, Zofia von deinen Problemen zu erzählen?«, witzelte ich.

»Gott bewahre. Nein, der werde ich nie etwas erzählen. Das nutzt sie sofort gegen mich.«

»Sie kann dich also auch nicht leiden?«

»Die Frage müsste lauten, *wen* sie überhaupt leiden kann.«

»Ja, das stimmt. Da gibt es nicht viele neben Janis.«

»Matteo kann sie leiden.«

Ich sah Finn prüfend an. Seine Augen wirkten glasig, ganz so, als würde er gleich weinen. Einmal mehr fragte ich mich, was zwischen den beiden vorgefallen war. Es musste etwas wirklich Schlimmes sein.

»Finn. Was ist passiert?«

Er schniefte und wischte sich über die Augen.

»Ich habe unsere Freundschaft zerstört«, gestand er und ich hatte immer noch keine Ahnung, was genau er meinte.

»So schlimm kann es doch nicht sein.«

»Doch.« Er sah mich ernst an. »Ich alleine bin schuld daran, dass er mich jetzt hasst.«

»Wie könnte er dich hassen? Er liebt dich, das sieht doch jeder.«

Finn sah mich aus großen Augen an.

»Quatsch!«

»Natürlich! Du bist sein bester Freund. Und ich bin mir sicher, dass du nichts tun kannst, um daran etwas zu ändern. Was spielt da ein kleiner Streit für eine Rolle?«

»Wir haben uns nicht gestritten.«

»Habt ihr nicht?« Davon war ich ausgegangen.

»Nein. Er hat nichts getan ... ich alleine bin daran schuld. Er will sogar nicht mehr mit mir zusammenwohnen.«

»Was? Wieso denn nicht?«

»Ich bin abartig ...« Nun quollen dicke Tränen aus den Augen des verrückten Iren. »Ich hätte mich besser unter Kontrolle haben sollen. Jetzt ist alles zu spät.«

»Hey!« Ich strich ihm über den Rücken.

Finn wurde von schmerzhaften Schluchzern geplagt. Er zitterte am ganzen Körper.

»Ich habe ihn für immer verloren«, klagte er. Ich war währenddessen dabei, seine Worte zu verstehen. Sie ergaben immer noch keinen Sinn. Ich hatte zwar eine Vermutung, aber die konnte und wollte ich nicht aussprechen, ehe ich nicht sicher war.

»Du hast ihn sehr gerne, oder?«

Finn nickte. Er sah mich aus geröteten Augen an.

»Mehr als ich sollte.«

Ich nickte, als Zeichen, dass ich ihn verstand. Meine Vermutung hatte sich damit bestätigt und doch fühlte es sich ein wenig seltsam an. Ich hatte bisher nie darüber nachgedacht, dass es im Camp auch gleichgeschlechtliche Liebe geben könnte. Doch je länger ich den Gedanken hegte, desto mehr gefiel er mir. Liebe ist Liebe. Und ich konnte mir nur zu gut vorstellen, wie es Finn jetzt ging.

»Er hat es also mitbekommen?«, fragte ich ihn.

Finn lachte verzweifelt.

»Mitbekommen? Ich habe versucht, ihn zu küssen. Ich ... bin so ein Idiot.«

»Wieso denn? So etwas kann passieren. Ich meine, ihr wohnt zusammen und seht euch ständig. Wie hat er denn darauf reagiert?«

»Er hat mich weggestoßen, mich angebrüllt und um sich geschlagen. Was glaubst du denn? Dann ist er rausgerannt und ich hab ihn den Rest des Tages nicht mehr gesehen. Seitdem sind neun Tage vergangen, in denen wir kein einziges Wort miteinander gewechselt haben. Er tut so, als wäre ich nicht da und heute ... hat mir Viktor mitgeteilt, dass ich ab morgen in einer anderen Hütte wohnen muss.«

»Das hat er nicht.«

»Doch!« Finn riss einen nahen Ast ab und warf ihn im hohen Bogen in den See. »Ich habe ihn für immer verloren und das nur, weil ich mich nicht unter Kontrolle hatte.«

»Wieso hast du überhaupt versucht, ihn ...«

»Ich dachte, es wäre der richtige Moment. Aber ich habe mich geirrt!« Er stand abrupt auf, zog sich Shirt und Hose aus und sprang mit Anlauf in die Tiefe. Das laute Platschen seines Aufpralls wurde gleich darauf vom Wasserfall verschluckt. Ich sah über den Rand des Steins hinweg nach unten. Finn kraulte ein Stück, tauchte ab und kam an einer anderen Stelle wieder herauf. Ich überlegte kurz, es ihm gleich zu tun, doch ich hatte weder Wechselsachen dabei noch ein Handtuch und absolut keine Lust, krank zu werden. Also wartete ich, bis er sich wieder beruhigt hatte und zu mir heraufkletterte, wobei er äußerst flink und sicher wirkte. Klettern war bisher nie meine Disziplin gewesen und würde sie vermutlich auch nie werden. Wir lernten im Camp sehr viel über unsere Körper, unsere Sinne und das Leben und Überleben in der Wildnis. Manchmal hatte ich sogar das Gefühl, sie bringen uns all das bei, um uns für den Ernstfall, was auch immer das für einer sein mochte, vorzubereiten, anstatt uns nur zu lehren, wie wir das Tier in uns kontrollieren konnten.

»Ihr Iren seid schon komisch«, kommentierte ich Finns Aufstieg. Er schämte sich offenbar gar nicht seiner bloßen Nacktheit und setzte sich neben mich, als wäre es das Normalste auf der Welt. Er ging so natürlich mit sich und seinem Körper um, dass ich schon ein klein wenig neidisch war.

»Machst du das Zuhause auch so?« Ich versuchte, nicht auf seine Mitte zu starren, was mir schon ein klein wenig schwerfiel.

»Ich war schon immer so.« Die vielen Locken hingen ihm wirr im Gesicht herum, er schob sie sich hinter die Ohren und zum ersten Mal erhaschte ich einen Blick auf sein komplettes Gesicht. Er war doch deutlich älter und männlicher, als er wirkte. Kein Zweifel; Finn war ein junger, gutaussehender Mann. Und er war schwul. Noch ein Grund mehr, richtig eng mit ihm befreundet zu sein.

»Wie lange weißt du es schon?«, fragte ich ihn, als ich es endlich geschafft hatte, seine Blöße als etwas halbwegs Normales zu sehen.

»Schon immer, denke ich.«

»Hast du den Jungs am Strand auf den Hintern geguckt?«, fragte ich kichernd und erhielt dafür einen warnenden Blick.

»Bist du verrückt? Bei uns sind fast alle katholisch. Was glaubst du, was passieren würde, wenn die erfahren, dass ich ihre Söhne anstarre.« Er schüttelte den Kopf. »Da kann ich mir gleich die Kugel geben.«

»So schlimm?«

»Du hast ja keine Ahnung. Außerdem ... gab es bisher keinen wie Matteo.« Erneut wirkte er nachdenklich. »Schon bei unserer Ankunft ist er mir aufgefallen, weißt du? Er war so ganz anders als die anderen. Hat immer nur ein finsteres Gesicht gemacht und gemurmelt. Ich war der Erste, der ihn zum Lachen gebracht hat.«

»Was hast du gemacht?«

»Ich bin mit dem Kopf im Dreck gelandet. Das fand er so lustig, dass er lachen musste. Du musst wissen, er hat wochenlang davor nicht einmal die Lippen verzogen.«

Unwillkürlich musste ich an Noel denken und seinen immer irgendwie ernsten Gesichtsausdruck. Obwohl die beiden nicht wirklich vergleichbar waren, spukte er mir erneut im Kopf herum und ich tat nichts dagegen. Mal wieder.

»Sein Lachen war das Schönste, was ich je gehört habe«, schwärmte Finn und sah sehnsuchtsvoll in den Himmel. »Damals wusste ich, dass ich für immer ihm gehören würde.«

»Weil du im Dreck gelandet bist.«

»Und ich würde es wieder tun, wenn er dann lacht.«

»Das ist eine so schräge Geschichte, die passt zu dir ... und zu ihm.«

»Sag das nicht. Es gibt kein Uns mehr. Nie mehr.« Finn sah auf seine Füße.

»Das kannst du nicht wissen. Vielleicht braucht er einfach etwas Zeit, um ... darüber nachzudenken.«

»Er hat vorhin mit Zofia geflirtet.«

Ich verzog angeekelt das Gesicht.

»Ist nicht sein Ernst! Wieso denn ausgerechnet die?«

»Ist doch klar. Er will mir zeigen, wie sehr er auf Mädchen steht.«

Das klang plausibel und erneut hatte ich das Gefühl, endlich den wahren Finn kennenzulernen. Den Finn, der nur in der Gruppe den Clown mimte, um alle zum Lachen zu bringen und dämliche Fragen stellte. In Wahrheit war er viel klüger als die meisten anderen. Das machte ihn mir noch sympathischer.

»Gib ihm Zeit. Er wird schon noch merken, was er an dir hat und dann werdet ihr wieder Freunde sein.«

»Du glaubst nicht, wie sehr ich mir das wünsche.«

»Doch …« Ich sah mit ihm in den Himmel, der sich rasch verdunkelte. Ein Gewitter nahte. »Doch. Ich kenne das Gefühl, sich etwas von ganzem Herzen zu wünschen und alles dafür tun zu wollen.«

»Du? Du hast doch alles. Du hast Janis und wirst bald die zweite Alpha sein, alle lieben dich und du hast sogar Fel-Freunde.«

Es klang nicht wie ein Vorwurf, dennoch fühlte es sich wie einer an.

»Oberflächlich betrachtet schon.« Der Himmel verdunkelte sich immer mehr, ebenso wie meine Stimmung. Finn hatte Recht; es ging mir gut. Ich hatte viel mehr als jemals zuvor in meinem Leben. Echte Freunde. Einen Freund. Anerkennung, Erfolg und Spaß. Wieso nur fühlte es sich nicht so an?

Das Gewitter zog rasch zu uns und bald schon regnete es so stark, dass wir uns ein wenig in die Höhle zurückziehen mussten. Der Himmel war grau und von dicken Wolken durchzogen. Sintflutartige Regengüsse gingen den wild zuckenden Blitzen voraus, die im Minutentakt den Himmel erleuchteten.

Finn und ich beobachteten schweigend, wie sich der See immer mehr mit Wasser füllte. An den Rückweg war nicht zu denken. Das Wetter hatte zur Einstellung all unserer Gespräche geführt. Statt zu quatschen, saßen wir nur da und starrten hinaus. Der Regen spülte nicht nur alles in der Umgebung fort, er war auch dafür verantwortlich, dass ich das erste Mal seit Wochen an gar nichts dachte. Mein Kopf war leer. Wie ausgebrannt.

Das bedrohliche Grummeln kam näher und ich dachte schon, Finn wäre ein wenig ängstlich deswegen, denn als es über unseren Köpfen krachte, zuckte er kurz zusammen. Doch es schien ihm nichts auszumachen. Ganz im Gegenteil. Er saß viel näher an der Höhlenöffnung als ich, seine Beine hingen draußen und wurden vom Regen massiert. Sein Blick war wie meiner ins Leere gerichtet, sein Gesicht entspannte sich zusehends.

Und da sah ich ihn: Noel. Sein Gesicht spiegelte sich auf der Wasseroberfläche. Es war mehr eine Erscheinung und im nächsten Moment war sie schon nicht mehr zu sehen. Doch die Furcht, die mit ihr einherging, war nicht zu verbergen. Ich war eindeutig zu einem dieser Mädchen geworden, die, kaum, dass sie einen Jungen hatten, sich nach dem nächsten sehnten und das machte mir eine Heidenangst.

»Finn?«, fragte ich gegen die Lautstärke des Regens an. »Bitte sag mir die Wahrheit. Findest du, ich kümmere mich zu wenig um Janis?«

In den letzten Wochen hatten er und ich wenig Zeit für uns allein gehabt und wenn, fühlte es sich irgendwie seltsam an. Natürlich war ich immer noch in Janis verliebt. Er war schließlich mein Freund und echt nett und süß. Da ich vorher noch nie irgendeine Beziehung zu einem Jungen gehabt hatte, kannte ich mich nicht so gut aus und wusste nicht, ob es normal war, dass dieses anfängliche Kribbeln im Bauch nachgelassen hatte oder nicht. Woher sollte ich das auch wissen?

»Ich finde sogar, du bist zu nett zu ihm«, antwortete Finn auf meine Frage.

»Wirklich?«

»Ja, du gibst dir super viel Mühe, ihm alles leichter zu machen, nimmst ihm Aufgaben ab, die er ruhig selbst erledigen könnte. Das ist anderen auch schon aufgefallen.«

»Du meinst also, ich … kümmere mich zu viel?«

»Es ist nicht nur das. Du bist in seiner Gegenwart anders. Und ich weiß nicht, ob mir die Janis-Lena so gut gefällt wie die Lena-Lena.«

Ich schluckte hart. Die Bedeutung seiner Worte fühlte sich an wie ein Fausthieb ins Gesicht.

»Wie ist denn die Janis-Lena?«

»Keine Ahnung. Anders eben.« Finn sah aus, als suche er krampfhaft nach den richtigen Worten. »Am Anfang fand ich es noch süß, wenn du rot angelaufen bist und kein Wort mehr sagen konntest, weil er dich so umgehauen hat. Aber so langsam mache ich mir Sorgen, ob das bei dir immer so ist, wenn dir ein Junge gut gefällt.«

»Ist es nicht«, sagte ich entschieden.

»Was macht dich so sicher? Erst heute Morgen hast du schweigend neben ihm gesessen und ehrlich gesagt, richtig glücklich sahst du auch nicht aus.«

»Wieso reden wir nicht wieder über dich und Matteo?«, fragte ich gereizt und versuchte, wie so oft, Noel aus meinen Gedanken zu entfernen. Doch er hatte sich dort häuslich niedergelassen und mehr als nur kurz ein Zelt aufgeschlagen. Er war da, wenn ich aufwachte und er war da, wenn ich einschlief und zwischendurch schaffte er es auch irgendwie, sich dazwischen zu mogeln. Obwohl wir seit Wochen kein einziges Wort miteinander gewechselt hatten. Seit dem Tag, an dem er mir gesagt hatte, dass ihm die Spiele nichts bedeuten. Ich weiß nicht mehr, wie oft ich im Stillen seinen Satz fortgeführt hatte mit den Worten: »Aber du schon.« Es war beinahe zum Verzweifeln, wie stark ich mich an jedes seiner wenigen Worte klammerte, anstatt mich mit dem zufriedenzugeben, was ich hatte.

»Lena, du weißt doch, dass du mir alles sagen kannst. Oder?«

»Du meinst, ich soll mich bei meinem schwulen Kumpel ausheulen? Was für ein Klischee.«

Wir grinsten uns an.

»Wenn es dafür gut ist, dann bin ich gerne dein schwuler Kumpel. Auch wenn es sich nicht so anfühlt.«

»Wie meinst du das?«

»Ich meine, sollte ich nicht an viel mehr Jungs des Camps interessiert sein? Du musst zugeben, dass viele echt heiß aussehen ...«

»Und da haben wir den Beweis!«, rief ich lachend.

»Du weißt, was ich meine!« Finn schlug mir spielerisch auf den Oberarm. »Ich ... interessiere mich aber gar nicht für all die anderen. Ich will nur Matteo. Sonst keinen.«

»Das kann ich verstehen.«

Über uns war das Gewitter in vollem Gange.

»Mein Typ ist er eigentlich nicht, aber er ist schon

irgendwie interessant«, gab ich zu und versuchte mir vorzustellen, wie Matteo und Finn Händchen hielten. Das Bild sah seltsam aus und doch konnte ich es mir vorstellen, im Gegensatz zu mir und Noel.

Ach verdammt!

»Ich habe echt ein Problem«, sagte ich und bettete das Kinn in der Handfläche.

»Sag jetzt nicht, du hast dich auch in ihn verliebt.«

»Nein. Quatsch! Doch nicht Matteo. Niemals. Der gehört dir.«

»Wenn es nur so wäre«, seufzte Finn und hielt die Hände nach draußen in den Regen.

»Nein. Es ist nicht Matteo und auch nicht Janis oder … irgendjemand sonst. Ich bin das Problem und ich weiß nicht, wie ich mit meinen Veränderungen klarkommen soll.«

Ich fühlte, wie sich der feste Knoten, der sich in den letzten Wochen in meinem Bauch gebildet hatte, etwas lockerte.

»Die Zeit heilt alle Wunden, hat meine Mama immer gesagt«, gab Finn kichernd zu verstehen. »Aber ich fand den Spruch schon immer doof. Also schlage ich dir etwas anderes vor. Lass uns abhauen!«

»Was?« Augenblicklich saß ich aufrecht.

»Nur für eine Weile. Wir könnten uns die anderen Camps der Akademie ansehen, die Aves in ihren Berghäusern besuchen oder die Euun auf den Ebenen. Zu den Pisce und Repti würde ich nicht wollen, die sind einfach langweilig, aber der Rest ist bestimmt spannend.«

»Du meinst ... einfach abhauen?«

»Klar. Sie werden uns sicher suchen, aber ich kenne viele gute Verstecke in unserem Revier. Nicht umsonst sind wir ... bin ich all die Jahre viel im Wald gewesen. Sie werden uns nicht so schnell finden können und wir kommen ja wieder zurück. Na, was sagst du?« Finns Augen leuchteten erwartungsvoll.

»Du willst wirklich einfach so abhauen, ohne jemandem Bescheid zu sagen? Ist das nicht verboten?«

»Im Grunde ist das, was wir hier machen auch schon verboten. Wir werden sowieso Ärger bekommen, wenn wir zurück im Camp sind.«

»Tja, wenn ...« Ich sah in den immer noch finsteren Himmel. Das Gewitter schien nicht vorzuhaben, so schnell zu verschwinden. »Ich weiß trotzdem nicht, ob das so eine gute Idee ist. Ich meine, klar, wir haben ein paar Probleme. Aber deswegen gleich abzuhauen?«

»Nicht abhauen. Wir machen eine Reise durch die Akademie und sind bald wieder da.« Finn zuckte mit den Achseln als wäre das alles ein Klacks.

»Ich weiß nicht.«

»Komm schon, Lena. Was hast du zu verlieren?«

»Meinen Freund, meine Freunde, meinen Ruf?«, zählte ich auf und kam mir gleich darauf total blöd vor.

»Dann eben nicht.« Finn verzog verärgert das Gesicht.

»Ich dachte, du willst auch mal was Anderes sehen.«

»Will ich auch.« Das war dringend nötig, um Abstand zu allem zu bekommen. Eigentlich war es wirklich keine so schlechte Idee.

»Aber anscheinend hast du Angst vor den Konsequenzen«, sagte Finn.

»Ich habe keine Angst vor Viktor! Ich finde es nur einfach nicht richtig, niemandem etwas davon zu sagen.«

»Schon kapiert. Wir gehen nicht.« Nun wirkte Finn doch beleidigt. »Matteo hätte *Ja* gesagt.«

»Ich bin aber nicht Matteo«, blaffte ich zurück. »Er ist der Grund, wieso wir hier sind. Schon vergessen?«

Finn schüttelte resigniert den Kopf.

»Wie könnte ich ihn vergessen. Er ist einfach immer bei mir, wenn ich aufwache, wenn ich trainiere, wenn ich einschlafe, wenn ich bade, wenn ich esse ...«

»Ich verstehe schon!«, unterbrach ich ihn und seufzte dann. »Also gut. Lass uns abhauen.«

»Wirklich?« Finn sah aus, als habe er hundert Geschenke zum Geburtstag bekommen.

»Ja, wirklich. Aber lass uns nicht lange warten. Ich will nicht, dass sie uns dabei erwischen, wie wir vorhaben abzuhauen. Das wäre echt peinlich.«

»Die kriegen uns nie!« Finn grinste bis über beide Ohren.

»Das hoffe ich.« Ich sah nach draußen in den Himmel. »Aber wir werden wohl warten müssen, bis das

Gewitter weiterzieht. Ich will mir da draußen nicht den Tod holen.«

»Klar warten wir. Aber sobald es nur noch nieselt, geht es los!«

Das Gewitter zog nicht weiter. Es blieb über unseren Köpfen hängen, als wolle es uns unbedingt davon abhalten, etwas Dummes zu tun. Als würde Gott, wenn es ihn denn gäbe, uns strafen und auslachen und uns solange schlechtes Wetter schicken, bis wir keine Lust mehr auf unser Abenteuer hatten.

Es funktionierte. Schon nach einer Stunde wollte ich nichts sehnlicher als zurück im Camp am Lagerfeuer zu sitzen oder in meinem warmen Bett in der Hütte zu sein. Der Regen hatte meine Kleidung bis auf die Knochen durchnässt. Nichts, aber auch wirklich gar nichts an mir, war noch trocken und obwohl es Hochsommer war, fror ich. Das Loch in meinem Magen hatte ich mit dem mitgebrachten Fresspaket gefüllt, doch das war mittlerweile auch schon alle und mehr hatten wir nicht, da Finn (der Idiot!) mit seinem Päckchen baden gegangen war. Uns blieb nichts mehr als zu warten und zu zittern und das auch noch nach Einbruch der Nacht.

Es gewitterte die ganze Nacht lang. Finn und ich

hatten uns irgendwann, dicht aneinander gekuschelt, in die trockenste Stelle in der Höhle zurückgezogen und so die Nacht verbracht. Doch gut fühlten wir uns trotzdem nicht. Ich war mir sicher, dass wir uns eine Erkältung oder eine Grippe zugezogen haben mussten, denn die Kälte hielt an, auch als das Gewitter bei Sonnenaufgang langsam weiterzog.

Als es nur noch nieselte, brachen wir auf in Richtung Berge, zur Grenze der Aves, auf die ich ganz besonders neugierig war. Finn hatte mir in der Zwischenzeit einiges über sie erzählt, vor allem über ihre Art zu leben. Ich wollte die Häuser auf den Bergspitzen und die fliegenden Hütten unbedingt sehen.

Erst nachdem wir einige Meter gelaufen waren, bemerkte ich, was das Unwetter alles angerichtet hatte. Der Wald war verwüstet, als hätten die Bäume eine Schlacht geschlagen. Überall sah man umgestürzte und abgeknickte Stämme. Der Boden war vollends aufgeschwemmt. Überall lagen tote Äste und Laub. Unsere Füße wateten knöcheltief im Matsch. Es war ein grauenvoller Anblick und einmal mehr fragte ich mich, ob es eine gute Idee war, einfach so zu verschwinden. Doch ich hatte es Finn versprochen und er brauchte die Abwechslung - das Abenteuer - weit dringender als ich.

Zu meinem Glück oder auch Unglück kamen wir nicht weit. Kaum hatten wir das Waldstück verlassen, das zum direkten Umkreis des Camps gehörte, fühlte ich mich beobachtet. Ganz so, als würde uns jemand folgen, jeden unserer Schritte sehen können und nur darauf warten zuzuschlagen. Ich sah mich ein paar Mal unauffällig um, doch ich konnte niemanden erkennen. Finn war es schließlich, der meine Versuche beendete.

»Sie haben uns entdeckt«, flüsterte er und tat dabei sehr geheimnisvoll.

Gemeinsam erklommen wir einen kleinen Felsen.

»Mit *sie* meinst du sicher …«

»Die Captor«, gab er murmelnd zu verstehen.

»Was wollen sie von uns?«, fragte ich, als wir sehr eng beieinander weiterliefen. Ich wagte es nicht noch einmal, mich umzusehen.

»Sie wollen uns zurückbringen.«

»Wieso?«

»Schhh!«, machte Finn und sah mich eindringlich an. »Du darfst dir nichts anmerken lassen. Wir warten, bis sie nahe genug sind, dann laufen wir los.«

»Laufen? Du meinst, vor ihnen davonlaufen?«

»Zumindest nicht auf sie zu.« Finn sah ernst aus. Er schien konzentriert die Umgebung mit Augen und Ohren zu scannen. »Folge mir, sobald du siehst, dass ich mich verwandle.«

»Alles klar.«

Wir liefen noch eine Weile weiter, doch unsere Verfolger wurden zahlreicher und sie kamen näher.

»Wir sind nahe der Grenze«, offenbarte Finn mit einem Blick in die Ferne. Wenn ich mich anstrengte, konnte ich sogar Felsgestein sehen. Die Berge begannen dort richtig steil zu werden. Das musste der Übergang zu den Aves sein. »Dort sind noch mehr von ihnen.«

Ich sah mich ein weiteres Mal um. Doch ich konnte immer noch nichts sehen, weder ein Tier, noch einen Menschen. Ich zweifelte langsam wirklich daran, ob es diese Captor überhaupt gab. Wenn ja, mussten sie besonders fähige Jäger sein. Eenn nicht, hatten wir eine blühende Fantasie oder Verfolgungswahn.

Dann ein Klicken. In Windeseile drehte ich den Kopf nach rechts. Da stand er; ein Mann mit einer Waffe, er zielte auf uns.

»Jetzt«, rief Finn und verwandelte sich in den Kojoten. In meiner Not vergaß ich für einen Moment zu reagieren und schaffte es dann doch, mich in den Fuchs zu verwandeln und ihm zu folgen. Finn rannte geradeaus auf die Grenze zu, ich ihm Haken schlagend hinterher. Sein kupferfarbenes Fell leuchtete zwischen dem vielen Grün und Braun und wies mir den Weg. Ich verlor ihn nicht einmal aus den Augen und jagte ihm nach, als wäre der Teufel hinter mir. Schon bald tauchten vor uns weitere Captor auf, wir mussten einen Umweg über die rechte Flanke machen, doch sie drängten uns mehr und mehr von der Grenze ab.

Im schnellen Laufen sah ich die Umgebung nur schemenhaft, doch ich wusste bald schon, dass sie uns zurück in das Revier der Raubtiere scheuchten. Immer noch in einem sehr schnellen Tempo jagten Finn und ich durch den Wald, versuchten verzweifelt, unsere Verfolger abzuschütteln, doch es wurden stetig mehr und ich hörte auf zu zählen, in wie viele seltsame Waffenläufe ich schon geguckt hatte.

Meine Beine wurden müde, meine Lungen brannten. Doch ich hörte nicht auf zu rennen und zu hoffen. Wir würden eine Lücke finden, ich wusste es einfach. Wir würden einen Weg zu den Aves finden und dann würde unser Abenteuer erst richtig beginnen.

Plötzlich blieb Finn mitten im Lauf stehen. Ich krachte in ihn hinein und verwandelte mich zurück, ebenso wie er.

»Verflucht, sie haben uns zurückgetrieben. Da ist die Höhle«, sagte er keuchend.

»Was? Aber das kann nicht sein, wir waren doch schon an der Grenze.«

»Es sind mehr als ich dachte. Und sie sind wirklich schnell.« Finn sah zurück zu unseren Verfolgern, die sich in einer Reihe, scheinbar langsam durch den Wald auf uns zu bewegten.

»Können wir sie nicht irgendwie ablenken?«

»Wir müssten uns trennen.«

»Nein!«, sagte ich vollkommen außer Atem. »Ich habe absolut keine Ahnung, wo ich bin. Sie werden mich ins Camp treiben und ich weiß es nicht mal.«

»Dann weiter. Wir finden einen Weg!« Wir liefen in Tiergestalt weiter. So lange, bis sie uns soweit eingekreist hatten, dass uns nur noch eine einzige Richtung blieb, in die wir gehen konnten und das taten wir auch. Es war mir da schon ganz egal, dass wir zurück zum Camp liefen. Ich wollte nur endlich aufhören zu rennen.

Mit letzter Kraft sprangen wir über umgestürzte Äste, wichen großen Schlammlöchern aus und schüttelten unsere Verfolger schließlich mit einem waghalsigen Zick-Zack-Kurs ab. Ich sah ein paar Mal zurück und blieb irgendwann stehen, als ich keinen einzigen Captor mehr sehen konnte. Finn gab plötzlich einen markerschütternden Quietschlaut von sich und ich glaubte schon, er wäre im Morast steckengeblieben, doch als ich den Blick nach vorne richtete, wünschte ich mir, es nicht getan zu haben. Finn stand da, mit hängendem Kopf und hängendem Schwanz. Er duckte sich unter den drohenden Blicken eines riesigen sibirischen Tigers, der umringt von einem schwarzen Panther, einem Bären, einem grauen Wolf und einem Nebelparder stand.

Meinem Körper entwich jegliche Kraft und ich verwandelte mich zurück, fiel mit den Händen in den Schlamm zu meinen Füßen. Sie hatten uns gefunden. Ich habe mich noch nie so elend gefühlt wie in diesem Moment.

Beinahe gleichzeitig verwandelten sich alle zurück: Viktor, Ben, Matteo, Rajani und Noel. Ich hörte sie reden und Finn sich entschuldigen. Doch ich war nicht dazu in der Lage, sie auch nur anzusehen. Ich hockte da, konnte das Zittern meines Körpers nicht unterdrücken und wünschte mir, nur zu träumen. Das hier sollte nicht real sein. Nichts war demütigender. Nichts war mir je so peinlich gewesen.

»Lena …« Es war Rajanis Stimme, die sich mir näherte und die ich nicht ertragen konnte, denn in ihr lag kein Mitleid, keine Freude, nur Traurigkeit.

Ich sah nicht auf, verbarg meine Tränen in dem Schlamm in meinem Gesicht und zog meine Arme zurück an den Körper. Ich wurde von heftigen Kältewellen erfasst, die selbst meine Lippen zum Beben brachten. Mein Körper hatte einfach keine Kraft mehr. Erst recht nicht mich *ihm* gegenüberzustellen.

Noel.

Er war hier.

Er stand vor mir.

Er konnte sehen, was für ein dummes und bemitleidenswertes Mädchen ich war.

16 Jahre alt und nicht fähig, kluge Entscheidungen zu treffen.

Weiter weg hörte ich Matteo fluchen. Er benutzte viele der Worte, die Tante Rita niemals an ihrem Esszimmertisch geduldet hätte und doch unterbrach ihn keiner. Warum auch? Er hatte ja recht. Finn und ich hatten uns wie kleine Kinder benommen und wir verdienten jede seiner Beleidigungen.

Das knarzende Geräusch, das mit solcher Heftigkeit seine Ansprache unterbrach, ließ mich aufblicken. Beinahe wie in Zeitlupe sah ich ihn brechen. Ein Baum, nicht weit entfernt, konnte die Last seiner Blätterpracht nicht mehr ertragen und ließ sich einfach fallen.

Äste knackten. Holz splitterte.

Ein Schrei durchzog die Stille des Waldes.

Ich wurde zurückgerissen.

Ein Knall.

Ich war taub. Sekundenlang starrte ich aus großen Augen auf das Ding, das von dem Stamm zerquetscht wurde und ohne einen Laut von sich zu geben, schrie. Das rote Ungetüm wandelte sich zu einem Muskelberg. Viktor.

Das stete Klopfen meines Herzens war das erste und einzige, das ich vernahm, als mein Gehör zurückkehrte. Das und das Brüllen eines Bären, der mit aller Kraft den Stamm anzuheben versuchte. Neben ihm ein Wolf und ein Kojote. Der Panther fehlte.

»Bleibt hier. Ich werde ihnen helfen«, sagte eine beruhigende Stimme dicht an meinem Ohr.

»Nein, Noel, lass mich nicht allein!«, rief Rajani in Panik. Starke Hände ließen mich los. Andere griffen nach mir. Rajani klammerte sich so fest an mich, dass sie mich beinahe zerdrückte. Ihre klagenden Laute klangen weit entfernt und doch waren sie so nahe wie sie selbst. Ihr karamellfarbenes Gesicht war nur Zentimeter von meinem entfernt.

Noel sah sie nicht an. Er sah zu mir, seine grünen Augen suchten meinen Blick, fanden ihn. Wir verschmolzen.

»Pass auf sie auf«, sagte er und ich nickte.

Sein Körper transformierte sich innerhalb eines einzigen Schrittes in die große schwarze Katze, die gleich darauf den anderen zu Hilfe eilte, die noch immer dabei waren, den fluchenden und brüllenden Viktor zu befreien, dessen Beine drohten von dem Baum zerquetscht zu werden.

»Lena! Ich kann nicht hingucken. Es ist Viktor!«, weinte Rajani und vergrub ihr Gesicht in meiner Halsbeuge.

Ich hatte aufgehört zu zittern. Stattdessen saß ich nur da, hielt Rajani so fest, wie ich konnte und betete, dass die Jungs genug Kraft aufbringen würden, um Viktor zu retten.

Es war das Einzige, was zählte und mein Körper wurde von glücklichen Schauern überrollt, als mir bewusst wurde, dass Matteo und Finn Seite an Seite standen. Egal, was vorgefallen war. Egal, was noch kommen mochte. Sie standen zusammen und halfen einem Menschen in Not.

Auf dem Weg zurück ins Camp fühlte ich mich noch immer ein wenig betäubt. Die Jungs hatten es zum Glück recht bald geschafft, den Stamm für ein paar Millimeter anzuheben, so dass Viktor seine Beine darunter hervorziehen konnte. Doch es war knapp gewesen. Da war ich sicher. Nun humpelte der Camp-Chef von einem Bein aufs andere, stützte sich auf Matteo und Ben, während Finn vorauslief, um alle greifbaren Campbewohner zur Mithilfe zu rufen.

»Meinst du, er wird je wieder laufen können?«, schluchzte Rajani, die sich noch immer an mich klammerte, selbst beim Gehen, was sich als außerordentlich schwierig erwies.

»Viktor ist wie Chuck Norris, der hat eher den Baum verletzt als der Baum ihn«, witzelte ich und bekam dafür einen ungläubigen Blick als Antwort.

»Wer ist Chuck Norris?«

»Nicht so wichtig ...« Ich verkniff mir einen dieser dämlichen Witze. Ich hatte vergessen, dass Rajani aus einer ziemlich altmodischen indischen Großfamilie kam, in der Fernsehen sicher nicht zum Alltag gehörte.

»Chuck Norris bekommt bei Praktiker 20% auf alles. Auch auf Tiernahrung«, hörte ich Ben sagen, der mich mit rot angelaufenem Gesicht ansah, während sich Viktor noch immer auf seine Schulter stützte.

»Den kenne ich schon«, gab ich zu und grinste ihn an.

»Kennst du auch den: Wenn man Chuck Norris fragt, wie viel Liegestütze er schafft, sagt er: Alle.« Ben grinste breit.

»Der ist auch gut.«

»Hört auf mit dem Scheiß!« Matteo sah aus, als würde er mich gleich anfallen.

»Helft lieber alle mit, anstatt zu quatschen.«

Viktor grunzte und stöhnte, als Finn sich zwischen Matteo und ihn quetschte, um mitanzupacken.

»Nicht hier, geh auf die andere Seite!«, bellte Matteo und ich hätte ihn dafür gerne mit Matsch beworfen. Er benahm sich Finn gegenüber wie ein Arschloch. Dabei wusste er ganz genau, wie gern er ihn hatte.

Aus dem Camp kamen ein paar der Lehrer, um zu helfen, und sie übernahmen Viktor und führten ihn zu seiner Hütte. Rajani entspannte sich ein wenig und ließ mich endlich los, als wir ihn übergeben hatten.

Noel war den gesamten Rückweg über schweigsam gewesen und hinter uns hergelaufen. Nun schloss er neben Rajani zu uns auf und sah Viktor nach.

Ich betrachtete verstohlen sein Profil und überlegte, was ich sagen könnte. Doch Rajani kam mir zuvor.

»Irgendwann müssen Lena und ich dir einen Orden verleihen, so oft, wie du uns rettest.« Sie grinste ihn an, doch er erwiderte es nicht. Sein Blick blieb kurz an mir hängen und huschte dann in Richtung Camp.

»Nicht nötig.«

»Wie können wir dir dann danken?«, fragte ich. In meinem Bauch flatterte es - schon wieder - als ich erneut seinem Blick begegnete.

»Hört auf, euch ständig in Gefahr zu bringen.«

»Das kann ich dir nicht versprechen«, feixte Rajani. »Kennst mich doch, ich liebe es Regeln zu brechen und Lena auch. Wir sind eben wilde Mädchen.«

»Manchmal hat man einfach keine Wahl«, fügte ich hinzu.

»Man hat immer eine Wahl« Noels grüne Augen sahen in mich wie ein Röntgengerät in den Körper. Es fühlte sich so an, als wüsste er viel mehr über mich als ich selbst.

»Das mit dem Baum hätte niemand ahnen können«, verteidigte Rajani sich. »Oder willst du uns dafür die Schuld geben?«

»Nicht dir. Aber Lena.«

Mein Herz stolperte, als ich meinen Namen aus seinem Mund hörte.

Meint er das ernst?

»So ein Unsinn. Lena hat keine Schuld. Wenn einer schuld ist, dann dieser räudige Köter, den sie immer mit sich herumschleppt. Lena würde nicht einfach so wegrennen, ohne mir davon zu erzählen. Stimmts?«

Ich sagte dazu nichts mehr. Ich versuchte lediglich, meine Enttäuschung zu verbergen. Noel hatte gerade sehr deutlich gemacht, was er von mir hielt und ich konnte es ihm nicht verübeln. Trotzdem hatte ich heimlich gehofft, er hätte eine bessere Meinung von mir.

»Wie auch immer. Danke für deine Hilfe, Noel.« Ich betonte seinen Namen. »Ich werde dir in Zukunft keine Möglichkeit mehr geben, mich zu retten.«

Ich ließ Rajani stehen.

»Hey, Lena, wo willst du hin?«

»Ich suche Janis. Er wird Finn und mir sicher irgendeine Art Strafarbeit aufbrummen. Immerhin haben wir uns ungefragt vom Rudel entfernt«, erklärte ich ihr.

»Das wird ihn kaum noch interessieren.«

Ich blieb stehen.

»Warum nicht?«

»Es ... gibt eine klitzekleine Änderung, was euer Rudel anbelangt«, druckste Rajani herum.

Mein Gefühl sagte mir, dass sie massiv untertrieb.

»Welche Änderung?« Ich vernahm laute Rufe und wandte den Kopf in Richtung Feuerstelle, an der sich die Mitglieder des Rudels trafen und vor einem Typen knieten, der sie alle überragte. Er stand auf einem der Stämme und hielt eine Ansprache. Ich konnte ihn nicht richtig sehen. Aber das war auch nicht nötig. Seine Stärke und Präsenz konnte ich selbst auf die Entfernung wahrnehmen. Er war wie ein Magnet und ich konnte meine Augen kaum von ihm abwenden.

»Wer ist das?«, flüsterte ich.

Rajani kam an meine Seite und legte einen Arm um meine Schultern.

»Das, Lena, ist der eigentliche Alpha der Can.«

Fortsetzung folgt ...

Fan werden und keine Episode verpassen!

www.facebook.com/amberauburn.autorin
Mail: amber.auburn@gmx.de

Und so geht es weiter:

Episode 6 - Schattenwolf

Werden Lena und Finn eine Strafe erhalten?
Wird Viktor je wieder ganz gesund?
Und was hat es mit dem neuen Alpha der Can auf sich?

Das alles und noch mehr erfährst du in der nächsten Episode der Academy of Shapeshifters-Serie.

31830501R00047

Printed in Poland
by Amazon Fulfillment
Poland Sp. z o.o., Wrocław